| 밥북 기획시선 37 |

험한 세상 다리가 되어

이준관 시집

| 밥북 기획시선 37 |

험한 세상 다리가 되어

이준관 시집

시인의 말

시를 통해 세상의 아름다움을 전하고 사람들에게 살아가는 힘과 위로를 주는 것이 내 소박한 바람이다. 그런 소망으로 소소한 일상에서 포착한 행복의 풍경들을 시에 담았다.

'시를 통해 행복과 희망을 주는 일', 그것이 시인으로서 내가 할 일이라고 생각한다. 거칠고 험한 세상에 다리가 되어주고 싶은 나의 꿈을 담아 시집을 펴낸다.

2023년 6월

이준관

제2부

제3부

제4부

제5부

제1부

저녁 풍경

빨래를 거둬들이며
여자는 먼 들길을 바라본다

삽을 어깨에 메고
남편이 돌아온다
풀꽃을 따며 놀던 아이가 돌아온다
소를 앞세우듯
기인 그림자를 앞세우고

들에서 집까지
저녁놀이 아름다운 길을 놓아준다

여자는 처마에 불을 켠다
제집인 양
저녁별이 모여든다
풀벌레들이 모여든다

밥솥에서 밥물이 조용히 끓고
토닥토닥 도마질하듯
풀벌레들이 울기 시작한다

두부 한 모의 행복

퇴근하는 길에
동네 마트에 들러 두부 한 모를 산다
두부 한 모는 별것도 아닌데
벌써 저녁이 맛있어지고 따뜻해진다

오늘 저녁엔
두부같이 말랑말랑한 눈이 내리고
우리 집은 두부찌개처럼
보글보글 끓을 것만 같다

두부 한 모를 사가는 일은
별일도 아닌데
벌써 백열등이 환히 켜지고
둥근 밥상에 둘러앉은
행복한 저녁이 보인다

내가 사들고 가는
두부 한 모의 행복을
코가 예민한 우리 집 강아지가
벌써 눈치채고
반갑게 짖어댄다

험한 세상 다리가 되어

나는 다리를 건넌다
다리를 건너 직장에 가고
다리를 건너 시장에 간다
그러고 보면 나는 많은 다리를 건너왔다
물살이 세찬 여울목 징검다리를
두 다리 후들거리며 건너왔고
나무로 얼기설기 엮어 만든
삐걱거리는 나무다리를 건너왔고
큰물이 지면 언제 둥둥 떠내려갈지 모르는 다리를
몸 휘청거리며 건너왔다
더러는 다리 아래로 어머니가 사다 준
새 신발을 떨어뜨려 강물에 떠내려 보내기도 했다
내가 건너온 다리는
출렁다리처럼 늘 출렁출렁거렸다
그 다리를 건너 도회지 학교를 다녔고
그 다리를 건너 더 넓은 세상을 만났다
학창 시절 선생님이
너는 커서 뭐가 되고 싶으냐고 물었을 때
험한 세상 다리가 되고 싶다고 대답했지만
나는 험한 세상 다리가 되어주지도 못했고
가족들이 건널 다리가 되어주지도 못했다

그러나 나는 다리를 건널 때면
성자의 발에 입을 맞추듯
무릎을 꿇고 다리에 입을 맞춘다
아직도 험한 세상 다리가 되고 싶은
꿈이 남아 있기에

사람의 밥

사람이 남긴 밥을
개가 먹는다
꼬리를 내리고
발톱을 오므리고
아주 평화롭게
밥을 먹는다
밥을 위해 아귀다툼을 벌이던
사람의 밥 어디에
저렇게 천연스런 평화가
깃들어 있었을까
콧등에 밥풀을 잔뜩 묻히고
참새랑 병아리랑 불러와 함께
개는 평화롭게
밥을 먹는다
배불리 먹어
밥물로 퉁퉁 불은 젖으로
강아지를 먹이고
밤에는
밤새워 우는 귀또리 새끼들도 불러와
품에 안고 먹인다

일학년

일학년에 갓 입학한
손녀의 손을 잡고 학교에 데려다준다
교문에 서니
나도 노란 손수건을 가슴에 단 개나리 같은
일학년이다

틀리면 지우고 다시 쓸 수 있는 연필과
종달새처럼 종달종달 부를 동요와
새끼염소처럼 매해매해 읽을 국어책이
들어 있는 가방을 멘
일학년이다

제비꽃 같은 의자에 앉아
기역 니은 디귿
반듯반듯하게 다시 배우고
미처 배우지 못한
행복하게 사는 법도
새로 배워야겠다

밥숟갈

봄이 되어
꽃들이 새로 태어나고 있다
저마다 제 먹을 밥숟갈
하나씩 들고

내가 힘들고 어려울 때
아버지는 말했다
사람은 저마다 제 먹을 밥숟갈
하나씩 들고 태어난다고

꽃들도 제 먹을 밥숟갈
하나씩 들고 태어난다
그것이 큰 숟갈이든
작은 숟갈이든 상관없이

저녁이면 꽃밭에서
달그락 달그락
밥숟갈 부딪히는 소리 들린다

그 소리에
나도 덩달아 달그락 달그락 즐거워진다

저녁 종소리

풀밭에서 함께 뒹굴던
염소 몰고 돌아오는 저녁

오늘도 수고로웠다고
토닥토닥
등을 두드려주던 저녁 종소리

청솔가지 타는 냄새 자욱한 집집마다
아이들 부르던 소리

새들은 둥지를 밝힐 저녁별
부리에 물고 돌아오고

어머니는 남포등을 별빛으로 닦아
가장 밝은 불을 켰다

저녁 종소리가 띄워 올린
고봉밥 같던 만월
바라보기만 해도
배가 불렀다

바보가 됩시다

콩팥 두 개 중 한 개를
생판 남모르는 사람에게
떼어준 사람

나머지 콩팥 한 개로
살아가는
바보 같은 사람

그 사람이 말하네
우리 모두
바보가 됩시다, 라고
바보는
바라보면 보석 같은 사람이라고

아하, 그러네
남에게 나누어주고
남에게 베풀어주고
남에게 양보하는
바보 같은 사람

바라보면 보석 같은 사람
많았으면 좋겠네

텃밭 만들기

쪼그만 공터를 일구어
배추를 심었더니
꿈으로 꿈틀거리는 애벌레가
배춧잎을 갉아먹는다

애벌레가 갉아먹은 배춧잎이
애기가 뽕뽕 뚫어놓은 문풍지 구멍처럼
사랑스럽다

지렁이가 흙을
떡고물처럼 고물고물 묻히고
뒹굴며 논다

방아깨비는 아예
새끼를 등에 업고 살러 왔다

나도 저 텃밭에
햇빛 실을 뽑아 거미집 짓고
아침 이슬 걸리기를
별들이 걸리기를 기다리며
살까보다

공터에서

아이들이 공터에서 공을 찬다
세상의 골문을 향해 슛을 날린다
슛은 번번이 골문을 빗나간다
그러나 공을 쫓아 달리다 넘어져 무릎이 깨어져도
다시 일어나 슛을 날린다

아이들이 공터에서 야구를 한다
세상을 향해 홈런을 날리고 싶지만
번번이 공은 야구 방망이를 비켜 간다
그래도 아이들은 힘차게 방망이를 휘두른다

거미는 공터에서 날것들이 걸리기를 기다리며
거미줄을 친다
번번이 허탕이지만
다음 날 다시 거미줄을 친다

나도 공터에서
아이들과 거미처럼
실패를 두려워하지 않을 것이다

공터는 텅 비어 있어서

무엇인가로

언젠가는

채울 수 있음을 믿기에

민들레

우리 그냥
여기 살자

민들레 옆에
민들레 같은
집을 짓고

너는 엄마
나는 아빠
우리 어린 날
빼끔살이하듯

나뭇잎

빨갛게 물들어
곱게만 보이던 나뭇잎을
주워 보니
성한 곳이 한 군데도 없네
부엌칼에 다져진 도마같이
생채기투성이네

오늘은 나뭇잎 같은
아내 손등을 보네
아내 손을 가만히 잡아보네

입춘

골목집 파란 대문에 써 붙인
立春大吉 建陽多慶

딸랑딸랑 종을 울리며
두부 장수 찾아오듯이
봄도 딸랑딸랑 종을 울리며
찾아올 것 같은 골목길

골목집 주인은 비로
대문 앞 골목길을 쓴다

풀비로
문에 새로 문종이 바르듯
비로
풀기 빳빳한 햇빛을
구석구석 바른다

그 길로
갓 시집온 새댁같이
목련꽃이
사분사분 햇빛 밟고 걸어올 것 같아서

나는

목을 길게 빼고

골목길 내다본다

제비

제비가 돌아왔다
이 땅의 봄과 사람들과 들녘을 잊지 않고
돌아왔다

처마 아래 복조리만 한 집을 짓고
제비꽃 같은 새끼를 낳으면
마당에 빨랫줄 매주어야겠다

새끼 제비들이 빨랫줄에 앉아
지지배배 지지배배
지지배들처럼 수다를 떨다가
더 넓은 하늘 마당으로 날아가게

수술하고 퇴원하는 날

여울목 붕어처럼 팔딱이는
나뭇잎만 보아도 가슴이 뛴다

“애야, 얼른 일어나거라
밥 먹고 학교 가야지”
어디선가 어린 시절 어머니 목소리
들리는 듯하여
가슴이 뛴다

살아 있어 기쁜 날
한갓 실바람 같은 거미줄에 매달려 사는
거미에게도
감사의 인사를 보내고 싶은 날

낡고 닳은 구두도
처음 신어보는 새 구두 같고
오래된 후줄근한 옷도
처음 입어 보는 새 옷 같아서
처음 첫발을 떼는 아이처럼
가슴이 뛴다

우산

돌아보면 사는 동안 비 오는 날이 참 많았다
그때마다 비를 가려주던 우산

가난한 어린 시절 우산이 없어
청개구리처럼 머리에 쓰고 가던 토란잎 우산

소낙비를 만났을 때
어린 나를 품에 안고 소낙비 가려주던 어머니는
세상에서 가장 큰 우산이었다

비바람에 쉽게 뒤집어지던
싸구려 우산이었지만
내가 슬픔으로 거리를 헤맬 때
젖은 슬픔을 가려주던 비닐우산

세상에게 흠씬 두들겨 맞고
비를 흠뻑 맞고 갈 때
'함께 받고 갈래요' 하며
가만히 다가와서 받쳐주던
낯모르는 사람의 우산

돌아보면 비 오는 날도 많았지만
고마운 우산도 많았다

그러나 비가 개면
어디 놓고 왔는지도 까맣게 모른 채
많은 우산들을 잃어버렸다

내가 잃어버린 우산들을 다시 찾아서
비 오는 날 거리에서
사람들에게 나누어 주리라
내가 받았던 그 많은 고마운 우산들을

일년생 화초

비좁은 골목길에 사는 사람들은
손바닥만 한 화단도 없어서
스티로폼 상자나 고무 다라이에
흙을 채워
일년생 화초를 심는다

딸 아이 손톱에 물들여 줄 봉숭아꽃
저녁에 식구들을 불러들일 분꽃

하루 벌어 하루를 사는
그들의 삶처럼
한철 짧게 피었다가 지는 꽃

그러나 해마다 잊지 않고
나비처럼 갈래머리 팔랑거리는 딸 같은
왕눈이 개구리처럼 왕눈 또록또록거리는 아들 같은
일년생 화초가 핀다

아이들은 꽃 피면 따다가
도화지에
이쁜 보조개 같은 꽃무늬 꼭꼭 찍는다

눈보라

눈보라 치는 날이다

여자가 아이를 업고 간다
머리에서 발끝까지
포대기로 푹 감싸
업고 간다

여자가 아이에게
"추워" 물으면
아이가 "아니" 대답하고

조금 가다가
아이가 "엄마, 추워" 물으면
여자가 "아니" 대답하면서 간다

이런 날에는 눈보라도
포대기처럼 따스하고 포근하다

빵집

햇살에 알맞게 익은 밀을 빻아
화덕에 갈색으로 구운
빵을 파는 빵집을 내고 싶네

예수가 태어난 베들레헴은
'빵 만드는 집'이라는데

아이가 받아든 빵점짜리 시험지
아이 손에 들려 있는
풀이 죽은 풀빵 말고

아들이 받아든 빵점짜리 인생
아들 손에 들려 있는
속이 텅텅 빈 공갈빵 말고

잔고가 빵이라고 찍혀 있는
은행 통장 말고
차들이 비켜달라고 빵빵거리는
막다른 골목길 말고

냄새만 맡아도 행복으로

마음이 빵빵해지는

아름다운 시집 같은

빵집을 내고 싶네

복사꽃 시절

복사꽃 피던 날
마당까지 해일처럼 밀려오던
복사꽃빛 달빛에
잠 못 이루던 스무 살

이 세상 어딘가에
내가 사랑하는 사람이
살고 있으리라는 생각에
내가 잠들면 그 사랑도
복사꽃처럼 떨어지고 말 것이라는 생각에

복숭아 같은 달을 쳐다보며
밤새 마당을 서성이던
스무 살

다시 돌아가고 싶은
철부지라서 아름답던
복사꽃 시절

골목길 담장

친구를 기다리며
아이가 담장에 등을 기대고 서 있다

해가 이부자리를 펼쳐 놓아
등을 대면 아랫목처럼 등이 뜨듯해지는 담장

담장 아래서 일용할 모이를 쪼아 먹고 참새가
뽀로로 날아가 건넛집 지붕 위에 앉는다

골목 아낙네들이 담장 아래 앉아 수다를 떨며
저녁에 먹을 파를 다듬고 가는 곳

나도 담장에 저 아이처럼 등을 기대고
휘파람을 불며
너를 기다려지고 싶어진다

골목 아낙네들이 다듬고 간 파처럼
눈이 시리게 파란 하늘을 쳐다보며

단풍철

꽃 피는 꽃철도 좋지만
단풍 드는 단풍철 더욱 좋으네

대추 사과
단풍빛으로 물들고
대추 사과 따는 사람 뺨도
단풍빛으로 물드네

단풍철 아니면
어찌 저리 과일이 붉게 익고
과일을 따는 사람 뺨도
어찌 저리 붉게 물들까

내 나이도
어느새 꽃철을 지나
단풍철

나도 이제
어느 나뭇가지 골라 앉아
고옵게 단풍 들려네

제2부

사람들이 사는 마을

일 년 중 가장 청명한 날을 택하여
하늘빛 간장을 담그는 사람들이 산다

무릎을 꿇고 엎드려
죄 없이 살아가기를 비는
뾰족한 십자가의 교회당과
저녁 반찬거리로 쓸 호박을 따는
물기 묻은 손의 어머니가 산다

해종일 재잘대는 종달새 같은
아이들이 산다

지나가는 누구나 따 먹으라고
길가에 심은 대추나무와
머리에 까치집 이고
까치 새끼 키우는
미루나무가 서 있는 마을

하루라도 일 안 하면
손발이 욱신거린다는
소같이 미욱한 사람들이 산다

생선 비린내

시장통 생선 가게 김 씨에게서는
생선 비린내가 난다
흙터 많은 손에서도
거슬러주는 지전에서도
비릿한 생선 비린내가 난다
젊은 새댁은 코를 막지만
나는 오래된 젓갈처럼 푹 곰삭은
저 삶의 비린내가 좋다
들녘에서 저녁 늦게
흙과 땀이 범벅이 되어 돌아온
아버지에게서도 저런 비린내가 났었다
생선처럼 팔팔 뛰는
살아 있는 목숨에게서만 나는 비린내
땀에 푹 절은
일하는 자에게서만 나는 비린내
나는 코끝이 찡해지는
저 삶의 비린내가 좋다

피레네 산맥의 양치기
– 프랑시스 잠을 위하여

프랑스 남부 프로방스 피레네 산맥
양치기는 양을 친다
풀밭에 데려가 풀을 뜯기고
시냇가에 데려가 물을 먹인다
양들은 머리를 하늘로 치켜들고
매해 매해 운다
그때마다 목에 단 방울종이
천상의 종처럼 울린다
위대한 것은 인간의 일들*이라서
양치기는 손수 젖을 짜서
지상의 양식
치즈를 만든다
귀가 착하고 순한 나귀를 닮은
양치기는 양을 몬다
다람쥐가 지나간 길을 따라
자고새가 날아간 하늘길을 따라
양을 우리로 몬다
보랏빛 라벤더 향기 풍기는
저녁놀 뜨면
양피 가죽의 기도서에 손을 얹은 목자는

삼종 기도 시간을 알리는

종을 친다

그럴 즈음이면

양치기 이마 위에

양 떼의 양순한 눈망울 같은

별들이 뜬다

* '프랑시스 잠'의 시 「위대한 것은 인간의 일들이니」에서

면장갑

누군가 일을 끝내고 가다가
길바닥에 떨어뜨리고 간
면장갑

사람의 살 냄새와
땀 냄새가 배여 있는
면장갑

이 세상에는 아직도
맨손을 못에 긁히며 살아가는
사람들이 있기에

그들의 맨손에 끼워주고 싶어서
나는 길바닥의 면장갑을 주워들었다
아직도 사람의 온기가 남아 있는

평상

동네 마트 앞 평상에
할머니들이 앉아 고추 꼭지를 딴다
고추들이 저녁놀에 뜬 고추잠자리 떼처럼 고옵다
학교에서 돌아오는 손주 엉덩이를 툭툭 두드리며
"내 새끼, 공부하느라 힘들었지
마트에서 먹고 싶은 거 사 먹어라"
주머니에 꼬깃꼬깃 접어둔 돈 꺼내
손주 손에 쥐어준다
할머니들 옆에서
공터에 집을 짓는 인부들이
일을 끝내고 앉아 장수막걸리를 마신다
장수 막걸리에 얼굴이
불그죽죽 저녁놀처럼 물들었다
누구나 앉았다 가는 평상이
참 평평하다
참 평안하다

울 엄니 꽃밭

지하 셋방에 혼자 사는
등이 굽은 김 씨 노인이
길가 공터를 일구고 있다

– 뭘 심으실 거예요?
– 꽃을 심을 거라우

고추나 상추나 들깨를 심을 텃밭을
만들 거라는 내 예상이
보기 좋게 빗나갔다

– 꽃은 왜요?
– 울 엄니가 꽃을 좋아했다우

아하, 그랬구나
봄이면 꽃으로 오실 엄니 손잡고
봄나들이 가고
가을이면 꽃씨로 오실 엄니를
두 손에 받으려고 그랬구나

김 씨 노인이 만드는
세상에서 가장 보기 좋은
울 엄니 꽃밭

몽당숟가락

나는 살아오면서
많은 숟가락을 보았지만
몽당숟가락보다 더 예쁜 숟가락을
본 일이 없네

어머니가
막힌 귓밥을 파주듯
몽당숟가락으로 달강달강
긁어주던 누룽지

몽당숟가락으로 껍질을 벗겨
밥 위에 얹어 쪄서
젓가락에 콕 찍어 주던
밥알 묻은 감자

팔뚠이 부엌데기로
닳고 다 닳아 문드러지면
아이 손에 들려
엿장수 엿과 바뀌어 먹히던
몽당숟가락

아직도

나의 하늘에 달강달강

반달로 떠 있는 몽당숟가락

우리 동네 꽃집

가난한 동네라서
가슴에 꽃을 달 일도
머리에 꽃을 꽂을 일도 없을 텐데
꽃집이 문을 열었다

조그만 꽃집에는
이 세상의 모든 꽃들을 물들일 물감이
찰랑거릴 것만 같은 물뿌리개와
하늘의 별들을 다 담아도 좋을 만한
꽃바구니가 있다

동네 사람들은 제집의 꽃밭이라도 되는 양
꽃 냄새를 맡고 가고
딸의 머리를 곱게 땋아주듯
꽃을 쓰다듬고 간다

아이들은 낯선 서양 이름의 꽃들이
이국종 강아지처럼 신기해서 손을 내민다
그러면 꽃들은 연한 혀로
아이들 손바닥을 핥아준다

꽃을 사러 가면
봄바람 같은 셀로판지로
꽃을 싸주고
명주꼬리나비 같은 매듭을
리본처럼 묶어준다

꽃집 지붕 위에는
동네 사람들의 생일과 축일이
빼곡하게 적혀 있는 꽃달력,
달이 떠 있다

벼를 베는 사람

아직도 낫으로 벼를 베는 사람을 만났다

하늘만 보고 사는
산골짜기 천둥지기 논

벼이삭 위로 벼메뚜기 콩당콩당 뛴다
벼이삭도 벼메뚜기도
노랗게 꽝꽝 여물었다

늙은 농부는 낫으로
그 옛날, 이빨 빠진 바리캉으로
아이 머리 깎아주듯
쓰윽쓰윽 벼를 벤다

이제는 어디를 가든
흔하디흔한 게 쌀인데

그러나 늙은 농부에겐
그냥 쌀이 아니다
오랜 세월 땀과 눈물을 함께한
식솔이다

늙은 농부는 천둥지기 논에
모를 심고
어머니 봉양하듯
지극 정성 돌보고 가꾼다

저 햅쌀로 밥을 지어
추석 차례상에 어머니 밥으로
올릴 거란다

운수 좋은 날

트럭에 사과 상자를 가득 싣고 와 파는
저 뜨내기 장사꾼 사내에게도
운수 좋은 날이 있다
몽땅 떨이로 사과를 팔자
순식간에 사람들이 몰려와 몽땅 사 갔다
사과를 팔랴
돈을 받으랴
사내의 이마에 땀이 송골송골 맺혔다
사과를 다 팔고
힘차게 시동을 거는 트럭 위에
서울에서는 보기 드물게
흰 구름이 돛처럼 하늘에 걸렸다
제발 저 사내의 삶이
순항이기를…
나는 돛처럼 두 손을 모아 빌었다

다슬기가 있는 저녁

보따리 이고 친정에 가듯
강변길 따라 코스모스 핀 날

주름치마처럼 하늘거리는
강물에서
다슬기 잡는 아낙 두엇

"성님, 얼마나 잡았수"
"한 끼 저녁국 끓일 만큼"
참방참방 물소리처럼
주고받는 말소리 두엇

젖먹이 아기 젖살 같은
다슬기 잡아
돌아가는 강변길

나도 친정 가듯
가고 싶은
다슬기 빛 푸른 저녁 길

간이역

아들아
어디 가든
배곯지 말고
아프지 말고
잘 살아라며

못난 어미는 잊어버리고
못난 고향 땅도 잊어버리라며
아들을 떠나보낸 역

청춘의 차표 한 장
달랑 들고
3등 열차 칸에 몸을 싣고
떠난 아들

끝내 돌아오지 않은 아들을
밤새 대문 밖에 등불 달아놓고
뜨듯한 밥 한 그릇 지어놓고
아직도 기다리고 있는
어머니

달무리 같은
저 쪼그만 간이역

쑥을 캔다

들녘에서 아낙네들이 쑥을 캔다
손에 쑥물이 밴다

“봄볕 참 좋지예”
“하모, 그렇고말고예”
야들야들한 쑥의 허리를 가진 그녀들

그녀들의 몸에서
코끝을 톡 쏘는
알싸한 쑥 향기가 난다

어느 집에선가 쑥국 끓이는
쑥빛 연기 몽실몽실 솟을 것만 같은 봄날

쑥국 한 그릇에 아이들은
해 바른 양달에서
“나의 살던 고향은 꽃 피는 산골”
쑥국새처럼 노래 부르며
고무줄뛰기 하겠다

씨 뿌리는 사람

시골길을 가다가
밭에 씨 뿌리는 사람을 보았네

말랑말랑 잘 구워진 흑밀빵 같은 흙에
씨를 뿌리는 사람을 보았네

씨를 뿌릴 때가 가장 행복하다며
밭고랑 같은 주름살로 웃는
사람을 보았네

봄비가
밭에 뿌린 씨앗의
실뿌리처럼 내리는 것을 보았네

청춘극장*

좋은 시절 다 보내고
청춘극장 유랑극단 보러 가네.
소주병 병나발 불던
설움도 분노도 다 잊고
나비넥타이 은백색 양복 입고
비 내리는 호남선
그때 그 시절 쇼를 보러 가네.
세월아 비켜라
인생은 이제부터다.
인생아 앙콜, 다시 한 번 앙콜.
품바 타령에 어깨춤 절로 나고
아코디언 연주에 탱고춤 돌고 도네.
자식들에게 버림받지 말고
딱 하루만 앓다가 죽기 바라며
오늘은 오늘이라서 좋은 날
내일은 내일이라서 좋은 날.
후회도 없이
미련도 없이
한 세상 살았으면 잘 산 거지 뭐.
잃어버린 빨간 구두 청춘 찾으러
청춘극장 유랑극단 보러 가네

---

* 서울 서대문 청춘극장에서 토요일마다 쇼 공연을 하면 많은 노인들이 찾아온다

내 마음의 공터

이 가을에 내 마음에
구멍이 숭숭 뚫린 모양이다
찬바람이 숭숭 분다

벽돌과 널빤지가 아무렇게 버려진
동네 공터처럼
내 마음에도 공터가 생긴 모양이다

숨죽여 울고 싶은 사람아
내 마음 공터에 와서 울어라
내 마음 공터에 피어난 코스모스꽃이
네 눈물 받아주리니

가난한 사람들아
내 마음 공터를 일궈
채소를 심어
채소빛 하늘을 가꾸어라

아이들아
내 마음 공터에서 저녁 늦게까지 놀다가
야구공 하나 딱 쳐서
서쪽 하늘에 저녁별로 박히게 하라

그러면
내 마음 공터 쓸쓸하지 않으리니
가난한 사람들아
아이들아

가로등

골목길 가로등에 불이 켜진다
가로등은 무궁화 꽃이 피었습니다 놀이를 하던
아이들을 기억한다
돌아갈 집을 잊지 않으려고
전봇대에 오줌을 누고 가던
강아지를 기억한다
새끼를 밴 어미 길고양이의 밥을 주던
할머니의 굽은 허리를
기억한다
전봇대 아래에서
무릎에 얼굴을 묻고
한없이 흑흑 흐느껴 울던 여자의
슬픈 등을 기억한다
순록의 목에 달린 방울종처럼
딸랑딸랑 울리며 내리던 눈과
밤늦게까지 식당에서 일하던 엄마를
기다리던 아이
그 아이의 머리에 소복이 쌓인 눈을 털어주던
엄마의 손을 기억한다
그러나 이제 아파트 단지로 바뀌면서
골목길 사람들은 떠나야 한다

가로등은 그들을 따라나설 것이다
그들의 지친 몸을 기대어 줄 등이 되기 위해서
그들의 슬픈 등을 토닥여 줄 손이 되기 위해서

쇼단의 여가수

한때는 청춘 남녀 가슴을 드럼처럼 둥둥둥 울리게 했던 쇼, 한때는 굽 높은 빨간 구두로 남심을 남몰래 훔쳐갔던 쇼단의 여가수. 그러나 지금은 뜬구름처럼 흘러가버린 세월. 얼굴에 그 시절처럼 분을 바르고 입술연지 빨갛게 칠해 보지만 텅 빈 객석 텅 빈 박수만 빈 극장을 텅텅 울린다

"아름다운 세상 좋은 세상 남겨 두고 나는 못 가요. 강물아 너만 가거라. 구름아 너만 가거라. 나 여기에 사랑을 두고 나 혼자 갈 수 없어" * 쇼단의 여가수는 낡은 아코디언처럼 목주름 접었다 폈다 하며 열창을 한다. 텅 빈 객석을 향해.

그렇지 그렇고말고. 외줄 타기 인생. 노래 하나만 믿고 사랑 하나만 믿고 살았으면 좋은 세상 아름다운 세상이었지. 아무렴 그렇지. 나 또한 쇼단의 여가수처럼 시 하나만 믿고 살았으면 좋은 세상 아름다운 세상이었지.

---

* 서울 충무로 명보극장 남진하예술단의 쇼 공연 때 무명 여가수가 부른 노래 가사

그림자

들일 끝내고 돌아오는 사람의
기인 그림자는
얼마나 아름다운가

먼 길을 갈 때
끝까지 뒤를 따라오는 그림자는
얼마나 미더운가

지친 우리를 쉬게 하는
나무 그림자는
얼마나 고마운가

그림자는 우리들의
가장 오랜 길동무

그러니
슬퍼하지 말아라
삶에 그림자가 졌다고

그림자가 있어
햇빛이 더 환해지듯
우리 생 또한
더욱 빛이 나나니

소박한 인생론 1

내가 열일곱 살 때 학교도 못 다니고 방황하던 때
동네 어른들이 말했다
"다 없어도 열 개 손가락 열 개 발가락만 있으면
배곯지 않고 살 수 있는 법이여"

그때 그 무렵 문둥이 시인 한하운의 시를 읽었다
가도 가도 황톳길
하루에 발가락 한 개씩 빠진다는
황톳길에서 피로 쓴 시

한하운의 시를 읽으면서
나는 열 개 손가락 열 개 발가락 있음에
감사하고 또 감사했다

그 열 개 손가락으로 시를 써서
나는 시인이 되었고
그 열 개 발가락으로 서서 버티며
나는 배곯지 않고 살았다

이제 아들에게 들려주련다
맨손 맨발로 띠밭을 일구어 배곯지 않고 살아온
동네 어른들의 그 황톳빛 말씀을

소박한 인생론 2

내 어린 시절엔
야반에 야간열차를 타고 돈을 훔쳐
도회지로 도망가는 아이들이 많았다.
걱정하는 부모를 보고 동네 어른들이 말했다.
“걱정 마소. 해가 아침이면 제자리로 돌아와
다시 뜨듯이 돌아올 걸세”
그리고 이어서 말했다.
“인생은 바퀴 같은 거여. 돌고 돌아 다시 돌아올 테니
뜨슨 밥이나 한 그릇 준비해 두소”
그러면 이상하게 며칠 후 신새벽에
아이들은 잔뜩 꼬리를 내린 개처럼 돌아와
뜨슨 밥 한 그릇을 게눈 감추듯 먹어 치웠다.
그럴 때면 으레 또 한 마디 툭 던졌다.
“저 열매들 보소. 왜 바퀴처럼 둥근지 아는감.
진창 시궁창 다 밟고 돌아와
저러코롬 둥글게 익는 거여
사람도 마찬가지여”

수인선 협궤열차

서울로 이사 와서 처음 타본
수인선 협궤열차
아이들 장난감 기차 같기도 하고
산동네 하꼬방 같기도 하던

짐 보따리 이고 타던 아낙네들이
가방 메고 타는 학생들이
한 가족 살붙이 피붙이처럼
정겨웠지

차창으로 흑백필름처럼 느리게 흘러가던
하늘빛 지붕의 집들이며
무지개가 무지개떡처럼 걸렸다 갔을
키 큰 미루나무가
고향 마을 같았지

나팔꽃 같은 경적
삐익– 빽 울리며
나팔꽃 향기 풍기고 가던 협궤열차

초승달처럼 걸린 철교를 건너면
소래 포구

갈매기와 마주 앉아
갯내 나는 바람을 안주 삼아
술잔을 기울이면
붉게 취하던 저녁놀

아, 다시 타보고 싶구나
소금 자루 등에 짊어지고 가는
순하디순한 나귀 같던
수인선 협궤열차

콩나물 한 봉지

저녁에 콩나물 한 봉지 사 들고
여자가 간다
서쪽 하늘에 돋아난 저녁별도
집집마다 켜지는 저녁 불빛도
저 봉지 속의 콩나물이다
어디선가 개가 콩콩콩 짖어대고
천장에 머리가 닿도록 아이들이
콩콩콩 뛰는 소리 들린다
물 묻은 손으로 콩나물을 다듬고
학교에서 돌아온 아이의 엉덩이도
토닥토닥 두드려줄
여자의 손에 들린
콩나물 한 봉지
콩나물은 천장의 노오란 전구로 매달려
밥상을 비추고
콩나물 한 그릇 먹고 아이들은
콩나물시루 속의 콩나물처럼
발가락 꼼지락거리며
콩콩콩 자라겠다

제3부

산수유꽃

산책길에 산수유꽃 피었다
산수유꽃이 늘어나면서
못 보던 사람들도 늘어났다
중풍으로 쓰러진 노인이 보행기를 끌고
아기처럼 새로 걸음을 배우고
동네 미장원에서 벚꽃처럼 뽀글뽀글 파마를 한
여자도 개를 데리고 산책을 나왔다
못 보던 새들도 늘어났다
아이들 딱지 같은 딱새도
오목오목 콩주머니 같은 오목눈이새도
산수유꽃 같은 부리로 연신 지절댄다
산수유꽃만 한 벌들도 붕붕붕 늘어났다
산수유꽃이 피면서 산수유꽃만큼
봄 식구들이 늘어났다
그래서일까
강아지를 낳은 어미개처럼
산수유나무에는 젖꼭지가 많다
늘어난 식구들을 모두 먹일 만큼

쪼그만 풀꽃

목련처럼 크고 화려한 꽃보다
별꽃이라든지 봄까치꽃 구슬붕이꽃 같은
쪼그만 꽃에 더 눈길이 간다

겸허하게 허리를 굽혀 바라보아야
비로소 보이는 꽃
하마터면 밟을 뻔해서
미안한 마음으로 바라보아야
비로소 보이는 꽃

보듬어 주고 싶어도
너무너무 작아서
보듬어 줄 수 없고,
나비도 차마 앉지 못하고
팔랑팔랑
날갯짓만 하다 가는 꽃

눈으로나마
보듬어주고 안아주고 싶어서
자꾸만 눈길이 간다

밤을 따는 가을

밤을 따는 가을이
다시 왔어라

장대로 밤을 따면
지난여름 별똥별이듯
후두둑 떨어지는 밤알들

날다람쥐처럼 쪼르르 달려가
밤을 줍는 아이들은
밤알처럼 통통 여물어가고

사는 즐거움이
뭐 별것이련가

옷소매로 이마와 콧등에 맺힌
땀방울을 닦으며
아이들과 때까치처럼 연신 재잘거리며
이렇게 밤을 따는 일

밤을 딴 자리
밤알 같은 별들이
다시 가득 열리는 것을
보는 일

단풍나무

나무 농장에서 단풍나무를 캔다
정원수로 팔린 모양이다
캐낸 움에서
포실포실 잘 익은 밥 냄새 같은
흙냄새가 훅, 끼쳐온다
나무 밑동 잔뿌리들이
실뭉치처럼 엉켜 뭉쳐 있다
저 작은 생명을 위해
저렇게 많은 잔뿌리가 필요했구나 싶어
가슴이 애잔해진다
단풍나무는
칠 년을 키운 나무란다
홍조를 띤 일곱 살 단풍나무
어느 집 정원수로 심어져
딸처럼 사랑받을 것을 생각하니
내 마음이 단풍잎처럼
붉게 물든다

나무가 제일 예쁜 때

나무가 제일 예쁜 때는
쥐암쥐암 햇살을 쥐고 나온 아기 손 같은
새잎이 피어날 때이다

새잎이 새 새끼처럼 연둣빛 부리로
바람이 가르쳐 주는 말을 배울 때이다

새잎이 빗방울에 몸을 통당거리며
청개구리처럼 몸을 푸르게 물들일 때이다

그럴 때 나무는
젖망울에 젖물이 망울망울 고인다

배추흰나비

어머니 분첩처럼 분분 나는
배추흰나비

배추흰나비 앉았다 간 꽃에서는
곱던 시절의 어머니
분 냄새가 나네

가을아 머물다 가거라

여름의 태양은 뜨거웠고
빗방울은 굵었고
매미 소리는 짜랑짜랑 여름을 달구었다

뭉게구름이 모두에게 나눠 먹일 빵을
뭉게뭉게 굽던
뜨거운 열기의 여름은 가고
별들이 수수알처럼 여무는 가을

강물이 살찌운 버들붕어를 잡아
아이는 강에서 돌아오고
별빛 총총 박혀 영근 들깨
머리에 이고
어머니는 들에서 돌아온다

가을아 머물다 가거라
늦게 열린 열매들이 다 익을 때까지
밤새 울던 풀벌레들이
풀이슬 같은 알을 다 낳을 때까지

대추

대추가 익어간다
나는 익어가는 일 잊고 지냈는데
대추는 익어가는 일 잊지 않았다
못 보던 사이 훌쩍 커버린 아이처럼
성큼 커 버린 대추
누가 보듬어주어서도 아니고
누가 업어주어서도 아니고
스스로 알아서 크고 익어가는 대추가
대견하고 기특하다
잎새 사이로
빼꼼이 내다보는 얼굴이
귀염성스럽다
어릴 적 어머니가
배고프다고 조르면
한 움큼 대추 따다가 손에 쥐어주듯
가을은 내 손에
대추 한 움큼 놓아준다

싸리꽃

싸리꽃 피었구나
어머니처럼 수수한 꽃

밥 짓는 부엌에 켜진
불빛 같은 싸리꽃

나를 업어 키운
어머니 포대기 같은
싸리 울타리

내 맨발 다칠세라
내가 가는 길
쓸어주던 싸리비

내가 먹을 반찬 나물
햇볕에 말리던
싸리 채반

때로는 어머니 눈물로
내 종아리 때리던
싸리나무 회초리

싸리꽃 피었구나
어머니 약손 같은 꽃

백일홍

울 엄마
장독대에 심었던 꽃

병약한 나
아프지 말라고
백일기도하듯

여름 내내
백일 동안
붉게 피던 꽃

염소를 만나다

나를 빤히 쳐다보는 선량한 눈
저 눈 앞에선 어떤 죄도 짓지 못할 것 같다

어미 염소는 젖이 통통 불었다
새끼염소가 엄마아 엄마아 부르며
졸졸 따라다닌다

귀한 것 아껴 먹듯
천천히 풀을 씹어 먹는다
저 풀은 제 새끼를 먹일
젖물이 되리라

염소가 똥을 눈다
내가 아플 때 먹을
까만 환약 같다

풀꽃 같은 뿔에 앉아
한소금 자고 가려고
나비가 팔랑팔랑 날아온다

나도 이 세상 모든 근심 내려놓고

저 뿔에 앉아

깨소금 같은 잠

한소금 자고 가고 싶다

상수리나무 숲의 다람쥐

숲속의 막내둥이 다람쥐야
너는 지금 어느 나무 둥지에 새근새근 잠들었느냐

네가 도토리 줍던 이 숲속에
네 발소리처럼 살풋살풋 내리는 눈 오는 소리를
너는 꿈결에 듣고 있느냐

네가 파도타기를 하듯
나무 타기를 하던 나무들은
순한 귀를 가진 나귀가 되어
목방울 딸랑거리며
눈송이를 건초처럼 씹고 있단다

눈송이들은 어린나무의 목에
돌돌돌 목도리 둘러주고
추위에 튼 아이들 손등에는
약을 발라준단다

다람쥐야
도토리 새움이
네 꼬리처럼 돋아나는 봄이 오면
저 하얀 눈빛으로
우리 눈을 뜨자

방울벌레 소리

강아지 목에
딸랑딸랑 달아주고 싶은
저 가을 방울벌레 소리 앞에선
한없이 착해진다
어린 시절
몽당연필에 침 묻혀 가며
꾹꾹 눌러
숙제를 하던 때처럼
한없이 착해진다

얼음이 녹는다

강물 얼음이 녹는다
꽝꽝 언 얼음이 녹는다
얼음이었을 때는
돌멩이를 던지면
탕, 탕 튕겨내더니
얼음이 녹으니
돌멩이를 품에 품는다
피라미 붕어 새끼
품에 품고
물총새 청둥오리
품에 품고 흐른다
갈대의 얼었던 뿌리도 녹이고
강마을 아이들
얼음 박힌 발도 녹이고
강물은 스스로
깊어지고 넓어져서
꽃 피는 산 하나
품에 품고 흐른다

까치집 한 채

입동 무렵
빈 나뭇가지에
까치집 한 채 얹혀 있다

월동용 연탄 한 짐
들여놓은 듯
듬직하다

까치집에 사는 까치 새끼랑
머리에 까치집 지은 아이들이랑
한겨울
함께 보낼 것이다

까치까치 까치설날도
함께 지낼 것이다

소낙비 온다

소낙비 온다
참대같이 죽죽 온다

문득
삶을 잘못 살았다는
생각이 들 때

소낙비 죽죽 맞고 싶다
죽비를 맞듯

그리고
푸른 참대로 다시 깨어나고 싶다

제4부

빈 의자

아이가 식탁 곁에
빈 의자를 갖다 놓는다
왜 그러냐고 묻자
누구라도 배고프면
와서 앉아
밥 먹고 가라고 그런단다

아하! 그러고 보니
세상에는
누군가 갖다 놓은
빈 의자가 많구나

나무 곁에는
푸른 그늘로 엮은
빈 의자

난로 곁에는
따뜻한 불빛으로 만든
빈 의자

그래야지
나도 내 마음 곁에
빈 의자 갖다 놓아야지
누구라도 외로우면
앉았다 가라고

토끼 귀

아버지가 사다 주신
털실 뭉치처럼 몽실몽실한 토끼

내가 뜯어다 준 토끼풀을
오물오물 맛있게 먹고 있는 토끼 입을 보면
온종일 쫄쫄 굶은
나도 배가 불렀다

나를 보면 반가워서
번쩍 들어 올리는 앞발도 좋았지만
햇빛에 반짝 빛나는
순한 앞니도 좋았지만
나는 토끼 귀가 더 좋았다

내가 슬퍼서 울먹이면
그 울음 다 받아주던 귀
내가 속마음 다 털어놓으면
그 말 다 들어주던 귀

한없이 슬플 때면
한없이 괴로울 때면
나는 그 토끼 귀가 그리워진다

감꽃

내가 태어난 날
아버지가 심었다는
감나무 한 그루

해마다 잊지 않고
내 배꼽 모양의
감꽃은 핀다

어린 시절에
실에 꿰어 목걸이처럼 걸고 다니며
배고프면 하나씩 떼어먹던
감꽃

감나무처럼 착하게 살라던
감꽃 향기 같은
아버지의 말씀

푸른 하늘 떠받치는 바지랑대 같은
감나무 올려다보면

감꽃마냥
한없이 착하고 어질고 순하게
살고 싶어지는 것이다

추석 한가위

어머니는 달빛으로 송편을 빚었다
우리들은 저마다 소원을 빌며
제 얼굴 모양의 송편을 빚었다
귀뚜라미는 밤새 낭랑한 울음으로
둥그렇게 달을 빚었다
추석 차례상에 올릴 대추는
우리들의 뺨처럼 발그레 물들고
밤 아람은 우리들의 머리통처럼
땡글땡글 여물었다
아버지는 조상님께 올릴
축문을 쓰고
차례상에 오를 제기는
제 스스로 몸을 정갈히 씻었다
첫 햅쌀을 팔아 사 온 신발 한 켤레
머리맡에 놓아두고
나는 잠이 들었다
어머니가 부치는
무지개 색깔의 화양적 냄새를 맡으며

달밤

한밤중에 똥이 마려워 잠이 깼다
변소 가는 게 무서웠다
변소에는 몽당비귀신이 있어
한밤중에 똥 싸러 오는 아이가 있으면
빗자루로 쓱싹쓱싹 쓸어버린다고 했다
그러면 똥꼬에 불이 달린
개똥벌레가 된다고 했다
참으려고 해도 더는 참을 수 없어
슬며시 방문을 열면
아, 마당 한가득 맷방석을 깔아놓은 듯
환한 달빛
한밤중 깨어나면 호롱불 아래
내 해진 바지를 깁고 구멍 난 양말을 깁던 어머니가
아가야 무서운 꿈을 꿨냐 하며
이불을 토닥토닥 토닥여주듯
달이 나를 내려다보았다
변소에 앉아 똥을 누면
변소 문틈으로 달이 지켜보았다
달빛으로 쓰윽 똥꼬를 닦고 나면
밤나무 숲에서
아가야 이제 괜찮지 괜찮지
소쩍새가 소쩍소쩍 울었다

피리 부는 소년

나는 피리 부는 소년

버들개지에 어머니 젖망울 같은
꽃망울 맺히면
버들피리 불었지
봄이 빨리 오라고
봄을 부르며

아기 앞니처럼 새록새록 새 풀잎 돋으면
풀물에 젖어
풀피리 불었지
풀잎 뜯는 새끼염소 부르며

내 머리카락처럼 보리 이삭 찰랑거리면
보리피리 불었지
삐비종 삐비종 종다리 부르며

나는 피리 부는 소년

물새가 알을 품고 있는 갈대밭에서
갈잎피리 불었지
굽이굽이 내 꿈을 펼치며
흘러가는 강물을 부르며

꽃씨를 받는다

아이가 꽃씨를 받는다

여름 땡볕에
꽃씨는 참 야무지게 여물었다
얼굴이 갈색으로 그을린 아이도
꽃씨처럼 참 양글게 영글었다

어미젖을 빨 듯 꿀을 빨던 나비는
꽃씨 속으로 들어가
날개를 살포시 접고
새근새근 잠들었다

꽃씨를 봉투 속에 넣고
봉투에 꽃씨 이름을 적는 아이는
봄이 되면
꽃씨를 친구들에게 나눠줄 거란다

꽃씨를 받는 아이가 있는 한
봄은 반드시 찾아올 것이다
꽃씨를 뿌릴 꽃밭 한 채 안고 찾아올 것이다

콩밭에서

어머니는 콩밭을 매고
나는 밭둑에서 놀았다
풀무치랑 풀밭 뒹굴며
풀빛에 젖어 놀았다
그런 나를 보고
머릿수건을 벗어 땀을 닦으며
어머니는 빙그레 웃었다
그리고 다시 엎드려
콩밭을 매는
땀에 쩔은 어머니 잔등 안쓰러워
하늘은 뭉게구름 말갛게 헹궈
빨래처럼 쭈욱 짜서
소낙비 뿌려주었다
어머니는 등목을 하듯
소낙비에 콩잎처럼 푸르게 젖고
콩잎에 통통통 떨어지는 빗방울처럼
나는 통통통 콩알로 여물어갔다

과테말라의 산골 마을 소녀

태어나자마자 아버지가 도망가고 12살에 초등학교 1학년 산골 마을 소녀. 학교가 끝나면 늙은 할머니를 도와 아궁이에 불을 지피고 관광객들에게 팔려고 나무로 지팡이를 깎는다. 관광버스가 올 때마다 달려가 겨우 겨우 지팡이를 팔면 늙은 할머니에게 돈을 갖다 준다. 조금 남은 돈으로는 아이스께끼를 사서 엄마가 재혼해서 낳은 동생들과 한입씩 나누어 먹는다. 저녁 식사는 손바닥보다 작은 빵 한 조각에 삶은 콩 몇 알. 어머니가 콩 한 알을 버리면 한 어린이가 굶는다고 말했다며 콩 한 알도 아껴 먹는 산골 마을 소녀. 나무를 깎다가 다친 생채기의 손이 빠알간 저녁놀처럼 애잔하니 예쁘다.

산골 학교 아이들

내장사에서 백양사로 넘어가는 길목
하늘빛 지붕의
순창군 복흥면 동산초등학교

독서하는 소녀상의 소녀가
나비를 책처럼
책장 팔랑팔랑 넘기며 읽고 있다

제비꽃 같은 의자에
제비 같은 아이들이 앉아서
지지배배 노래를 한다

빼꾸기가 빼꾹 빼꾹
쉬는 시간을 알리면

여자아이 둘이 채송화꽃처럼 앉아서
공깃돌 놀이를 하고
남자아이 둘은 잠자리처럼
쫓고 쫓기며 잡기 놀이를 한다

아이들아 반갑구나

축구할 친구가 없으면
내가 골키퍼 할게
하늘 높이 공을 힘껏 차렴
숨바꼭질할 친구가 없으면
내가 술래 할게
꽃밭에 꽃으로 숨으렴

수수깡 안경을 쓴 소년

수수 이삭들이
수수비가 되어
하늘을 파랗게 쓸어놓으면

볼이 통통한 조무래기 새들이 몰려와
수수알 까먹고
해종일 조잘대다가
빠알간 저녁놀이 되어 날아가는
가을 수수밭

그 수수밭에 서면
나는 언제나
수수깡 안경을 쓴 소년

아프지 말고
수숫대처럼 쑥쑥 크라며
어머니가 생일날 쪄 주던
수수팥떡이 먹고 싶은

수숫대와 키재기하며
자꾸만 높아지는 하늘을 올려다보며
수수목처럼 목이 길어지는

잠자리 같은
수수깡 안경을 쓴
꿈 많은 소년

때늦은 후회

아이가 기르던 햄스터가 죽었다
아이가 햄스터 대신
고양이에 홀딱 빠져
돌보지 않는 바람에 죽었다
얼마나 배가 고팠으면
입을 벌리고 죽었을까
얼마나 외로웠으면
엎드려 죽었을까
아이는 뒤늦게 후회하며
눈물을 뚝뚝뚝 떨어뜨린다
그러나 그 눈물방울도 햄스터를 살려내지 못했다
햄스터야, 미안해 용서해 줘
땅에 묻어주고 십자가까지 세워주었지만
과연 햄스터는 아이를 용서해 주었을까
아, 때늦은 후회
아이는 알았을까
사랑은 기다려주지 않는다는 것을

흙 묻은 당근

손녀와 마천 시장에 갔다

“할아버지, 흙 묻은 당근 사야 돼”

“왜?”

“흙 묻은 당근이 진짜 당근이야”

아무렴 그렇지!

흙 묻은 당근이 진짜 당근이지

흙 묻은 감자

흙 묻은 고구마가 진짜지

농사꾼 아버지도 말했지

손에 발에 흙 묻은 사람이

진짜 사람이라고

숨을 불어넣는 아이

아이가 후우– 숨을 불어
비눗방울을 분다
비눗방울이 살아나
둥둥 떠오른다

아이가 후우– 숨을 불어
민들레 씨앗을 분다
민들레 씨앗이 살아나
훨훨 날아간다

힘없이 비척거리는 병아리에게
후우– 숨을 불어넣는다
병아리가 살아나
삐약삐약 울어댄다

보아라
생명을 살려내는
아이의 숨

아이가 후우― 숨을 불어넣으면
밤하늘의 별들도 살아나
반짝반짝 반짝거린다

제5부

내 고향 황토흙

붉게 타오르는 황토흙 먹고
푸르게 자라던 청보리밭.
해토머리에 무너지고 갈라진 흙벽에
아버지는 황토흙 새로 바르고
나는 겨울 동안 갈라지고 튼 얼음 박인 손에
황토흙을 연고처럼 발랐다.
돼지우리를 뛰쳐나온 어미돼지는
황토흙 후벼 파서 먹고
황토빛 새끼돼지를 낳았다.
황토흙 물어다가
까치들은 새끼 까치를 기를
까치집을 지었다.
아이들은 흙강아지가 되어
해종일 황토흙에 뒹굴었다.
빨아도 지워지지 않던 황토흙물.
손에 흙 안 묻히면
손이 썩는 법이라던 아버지의
황토흙 같은 말씀.
황토흙을 소똥처럼 주무르며
봄이면
내 고향 사람들은 감자를 심었다.

싸락눈

고향에 가면 아직도
마당에 싸락눈 내린다

저녁이면 대숲에
참새들 날아와 깃들이듯
싸락 싸락 싸락 내리는 싸락눈

식구들이 먹을 양식 모으듯
싸리비로
싸락 싸락 싸락 쓸어 모으고 싶은
싸락눈

고향에 가면 아직도
하늘에서 내리는 것이 있다
쌀알같이 떨어지는 것이 있다

그 싸락눈
새처럼 쪼아 먹고 싶은 저녁이 있다

고향의 가을

– 김기창의 「가을」

어머니*는 들밥 광주리를
머리에 이고
등에 애기를 업었다

한 손으로는 들밥 광주리를 잡고
한 손으로는 애기 엉덩이를 받쳤다

질끈 동여맨 포대기에서 애기는
수수 이삭 꼭지에 앉아
잠이 든 잠자리처럼
잠이 들었다

애기메꽃은
어머니 목에 매달리듯
수수목 감고 올라가
연분홍 꽃을 피웠다

삽살개처럼 어머니를 따라 나온 아이는
한 손에 낫을 들고
한 손에 수수모개를 들었다

어디선가
수수 이삭 짱짱 여무는 소리

풀물 든 맨발의 아이처럼
배꼽 내놓고
구부러진 들길을 걸어가
수수 이삭 베어다가
수수알 같은 별을 까먹고 싶은

고향의 가을

---

* 원래 그림 속의 애기 업은 사람은 누나지만 고향의 정취를 살리기 위해 어머니로 했다

소똥 냄새

봄바람에서는
꽃냄새보다도
먼저 소똥 냄새가 풍겨왔다

아이가
이랴! 이랴! 이끌어도
순순히 따르던 순둥이 소

소가 갈아엎은 흙의 속살은
금방 쪄낸 감자 속살처럼
포실포실하고 따스했다

코뚜레가 얼얼하도록
밭을 갈고 나서
햇풀을 뜯어 먹고
소는 쑥개떡 같은 똥을 누었다

아기배내똥처럼
향긋하고 비릿한 소똥 냄새 풍기는
봄바람 불면

아이들은 소처럼
순해지고 착해졌다

하늘 바라기

청보리밭 청하늘
종다리 울어대면

어머니는
아지랑이로 장독대 닦아놓고

나는
아지랑이로
마당 쓸어놓고

왠지 모를 그리움에
눈언저리 시큰거려

머언
하늘 바라기
했지

내 고향 징검다리

어머니는 감자 소쿠리
머리에 이고
징검다리 밟고 왔었지

배꼽을 내놓은 아이들은
징검다리에서 물수제비 떴었지
아이들이 뜬 물수제비는
밤이면 퐁당퐁당 별로 떴었지

등에 업어 여울을 건네줄
징검다리 같은 남자
만나게 해 달라고 기원하며
처녀들은
창포물 곱게 물든 여울물에
머리를 감았지

그녀들이 풀어헤뜨린 머릿결은
고운 물결이 되어
징검다리 감고 돌아 흘러갔었지

고향으로 돌아가
징검다리 되고 싶어라

무서워서 징검다리 못 건너는 아이
다리 다쳐 못 건너는 사람
등에 업어 건네주는
징검다리 되고 싶어라

진달래 봄

앞산에 진달래
화전 부치듯 번지면
겨우내 허기진 아이들은
진달래 따서
후적후적 먹었지

계집애들은 새각시처럼
진달래 따서
이마와 뺨에
예쁘게 연지 곤지 찍고

종달새는
진달래 꽃댕기 들이고
하늘 높이 떠 지절댔지

나는
건강하게 잘 자라라고
진달래 꽃다발을
송아지 목에 걸어주고

어머니는

가족 수대로

대문 앞에 진달래 걸어두고

복을 빌었지

유년 사계

(봄)

노오란 장다리꽃 엄니 치마인 양 피어나면

아이들도 나비들도 팔랑팔랑 날아들어

장다리 치마폭 아래 옹기종기 모여 놀았네

(여름)

천둥도 지천이요 소낙비도 지천이라

천둥벌거숭이로 내달려도 부끄러운 줄 모르고

밤에는 별들이 지천이라 배고픈 줄 몰랐네

(가을)

들녘 쏘다니다 다친 무릎 분꽃 씨로 여물고

장독대 귀또리 소리 누이 눈물로 여물고

아이들 까까머리 밤톨로 통통 여물었네

(겨울)

동지 팥죽 새알심 눈 펑펑펑 내리면

나이만큼 새알심 먹고 날개가 돋아나

나는야 기러기 되어 펄펄펄 하늘 날았네

낮은 지붕

가을 햇볕 같은
볏짚으로 이은 지붕은 낮았다

지붕이 낮아 아침이면 닭이 올라가
해말간 해를 낳고
박 넝쿨이 기어 올라가
둥근 달을 키웠다

지붕 밑에 참새는
따뜻한 방을 들여
새끼를 기르고

어머니는 남포등을 켜서
처마에 달았다
길을 가던 사람들과 짐승들이
제집을 찾아가도록

낮은 지붕 위에는
어머니가 아침마다 빨아 널은
하늘이 펄럭이었다

사월의 보리밭

민들레 꽃다지 냉이꽃 불러 모으는
시골학교 종 같은 종다리 울면
사람들의 몸에서 보리 냄새가 난다

추울수록 더 깊이 뿌리를 내리던 보리
발로 밟혀야 더 단단해지던 보리
그 보리에 볼을 부비면
얼었던 내 피가 따뜻해진다

보리잎 사이에
거미는 집을 짓기 시작하고
종다리는 보리밭 둥지에
햇살처럼 뽀얀 알을 낳고
아지랑이는 해종일
보리밭 위에서 서성인다

보리밭 길을 가는 소년의 발부리 밑에서
소년의 여드름처럼 풀이 돋아나고
보리 이삭처럼 턱수염이 텁수룩한 농부는
보리잎을 먹는다

바람이 불면

보리들이 풍금처럼 노래하는 사월

보리잎처럼 푸르른 날에

누군가를 뜨겁게 사랑해야지

내 몸에서 보리 냄새가 난다

참깨 냄새

머리에 참깨 이고
들녘에서 돌아오던 어머니

어머니 땀 밴 옷에서
참깨 냄새가 났다

참깻대로 불을 지펴
참깨 볶으면
온 집안 가득 참깨 익는 냄새

가을 햇살도 참깨 볶듯
톡톡 튀며 익었다

아파서 밥맛 없으면
어머니는
밥에 깨소금 넣어 비벼주었다

깨소금밥 먹고 하늘을 보면
참깨꽃처럼 별들이 피어났다

배들평야 1

– 이연산 씨 대지정미소

가을에 소달구지마다
산더미처럼 벼 가마니 싣고 오면
밤늦게까지 알전구 켜고
벼를 찧던 대지정미소
풍구에서 쏟아지던 쌀알을
손바닥에 받으며
배꽃처럼 하얗게 웃던 배들평야 사람들
온 들녘 참새들이 몰려와
쌀알 쪼아 먹고 가도
온 동네 조무래기들이 몰려와
쌀알 몰래 한 줌 집어가도
허어 고놈들, 웃기만 하던
이연산 씨 대지정미소
그리워라
가을 햇살이 햅쌀처럼 쏟아지던 정미소 양철지붕
밤늦게까지 귀뚜라미처럼 벼 찧던 소리

배들평야 2

– 박종훈 씨 양조장 막걸리

양조장 마당 가득 널어 말린 술밥
몰래 훔쳐 먹고
봉숭아꽃처럼 발그레 취한 아이들

논두렁에 앉아 새참에
막걸리 마시며
이게 물맛이야 술맛이야
막걸리에 물을 너무 많이 탔다고
투덜거리면서도

숭늉처럼 막걸리 벌컥벌컥 마시고
허리가 낫처럼 휘이는
고된 노동도 잊고
평생 짊어지고 다니는 곱사동이 같은
가난도 잊고

뜸부기처럼 논물 참방참방거리며
모를 심고 피를 뽑고
벼를 베던 사람들

들녘에 떠오르는 보름달처럼

달달달 취해

저녁 늦게 흥얼거리며 돌아오던

배들평야 사람들

배들평야 3
– 동진강 기러기

동진강에
기러기 날아오네

펄펄펄 나는 기러기 따라
올겨울에도 펄펄펄 눈이 많이 내리고
집집마다 펄펄펄 밥이 끓겠네

이 땅의 강물과 들녘과
벼이삭처럼 선한 사람들을 잊지 않고
해마다 찾아오는 기러기들아

목안(木雁) 주고받으며
기러기같이 금슬 좋은 부부
새로 짝지어 마주 보겠네

하늘에 사람 인(人) 자를 쓰며
날아오는 기러기들아

서로 길이 되어주고

길잡이가 되어주며

더불어 날아오는 기러기들아

너희들이 사람이구나

참사랑이구나

눈 온 아침

어머니는 아침 일찍
사박사박 눈을 밟고 가서
눈 녹은 맑은 우물물을 길어다가
소복하게 쌓인 눈 같은
항아리의 쌀을 푸욱 퍼서
아침밥을 지었다

굴뚝에서는
모락모락 김이 오르는 밥처럼
연기 피어오르고—

나의 시에 관한 짧은 단상

(나의 시의 여정)

나는 1971년 서울신문 신춘문예 동시 당선으로 아동문학가로 등단하였다. 그러다가 나태주 시인의 권유로 시를 쓰기 시작하여 박목월 심사로 1974년 〈심상〉 신인상에 시로 당선하였다. 초기시는 세계에 대한 비극의식을 바탕으로 염세주의와 비관주의의 시를 많이 썼다. 젊은 시절에 왜 그렇게 슬픔과 아픔이 많았는지 모르겠다. 슬픔과 아픔을 시를 쓰면서 내가 차츰 병들어간다는 생각이 들었다. 그래서 첫 시집『황야』를 출간한 후에 시쓰기를 중단하였다. 그 대신 동시 쓰기에만 전념하였다. 동시를 쓰면서 나는 행복했다. 박목월은 동시를 쓰는 일이 즐겁다고 했지만 나는 동시 쓰는 일이 행복했다.

1988년 서울로 직장을 옮기면서 서울 생활이 시작되었다. 온갖 소음과 번잡한 서울 거리를 벗어나 시간만 나면 서울 근교를 돌아다녔다. 서울 근교는 의외로 자연이 훼손되지 않고 민가도 옛 모습 그대로 간직한 곳이 많았다. 그 무렵 서점에서 우연히 로버트 프로스트의 시선집을 읽고 큰 감명을 받았다. 문공부장관을 역임한 영문학자 김동성 교수가 편역한 이름 없는 출판사에서 출간한 시선집이었다. 미국 뉴잉글랜드 전원 속의 소박한 삶을 평이한 문체로 잔잔하게 묘사한 시를 읽으면서 행복감을 느꼈다. 로버트 프로스트의 시를 감명 깊게 읽은 나는 중단했던 시쓰기를 다시 시작했다. 첫 시집『황야』의 비극적인 세계 인식을 바탕으로 한 시에서 벗어나 평화롭고 전원적이고 목가적인 시풍으로 바뀌었다. 이 땅에 뿌리 내려 사는 사람들과 자연에 따뜻한 눈길을 주어 그들의 가치와 청정한 아름다움을 촘촘히 그려냈다. 홍신선 교수의 해설대로 “자연과 인간의 화락의 세계를 추구”한 시집이 제2회 김달진문학상을 받은『가을 떡갈나무 숲』이다. 시집『가을 떡갈나무 숲』을 출간한 후에 사람들에게 이 세상의 아름다움을 보여주고 싶은 소망을 담은 시집『열 손가락에 달을 달고』를 펴냈다

그 후에 시집『부엌의 불빛』을 출간했다. 시집『부엌의 불빛』은 평범한 사람들의 삶속에 깃들어 있는 따듯한 일상의 행복과 아름다움을 담은 시집이다. 사람들의 마음을 맑고 따뜻하게 해 주고 그들의

상처를 감싸주고 어루만져 주고 싶은 소망으로 쓴 서정시집이다. 이 시집에는 「구부러진 길」, 「부엌의 불빛」, 「조그만 마을의 이발사」 등 많은 사람들이 애송하는 시들이 실려 있다. 시집 『부엌의 불빛』 이후에 제3회 영랑시문학상을 수상한 시집 『천국의 계단』을 출간했다.

(행복의 미학)

『천국의 계단』을 출간하고 8년 만에 시집 『험한 세상 다리가 되어』를 펴낸다. 시집 제목을 고심하다가 『험한 세상 다리가 되어』로 정했다. 나는 학창시절부터 다리와 같은 사람이 되어야겠다는 생각을 했었다. 다리와 같은 사람이 되겠다고 생각한 것은 내가 살았던 동네 이름에서 영향을 받았는지도 모르겠다. 내 고향 이름은 하송리 목교다. 목교는 나무다리라는 뜻이다. 지금은 나무다리 흔적을 찾아볼 수 없고 마을 이름으로만 남아 있다. 내가 좋아하는 노래에 '험한 세상 다리가 되어'가 있다. "언젠가 당신이 지치고 작게만 느껴질 때/언젠가 당신의 눈에서 눈물이 흐를 때/ 내가 닦아줄게요/난 당신의 편에 있어요/ 세월이 거칠 때나 친구가 없을 때도요/ 마치 거친 바다 위 다리처럼"이라는 노래 가사가 내가 추구하는 시 세계와 잘 맞았다. 나는 다리와 같은 사람이 되지는 못했지만, 아직도 그 꿈을 안고 시와 동시를 쓰고 있다.

내 시에 영향을 준 로버트 프로스트는 행복한 사람인 줄만 알았다. 그런데 알고 보니 개인의 삶은 불행의 연속이었다. 첫째 아들은 일찍 죽고 둘째 아들과 딸은 자살을 했다. 셋째 딸은 정신 질환을 앓았다. 그런 가족의 아픔과 슬픔을 로버트 프로스트는 시를 쓰면서 극복했을 것이다. 시를 쓰면서 불행을 극복한 그에게 시는 구원이고 희망이고 치유였으리라. 파블로 네루다도 "시는 내 구원이자 치유이며 숨통이다"라고 말했다. 나 또한 시를 쓰면서 어려움을 견디고 극복했다. 거칠고 험한 세상에 우리가 쓰는 시마저 불행을 노래한다면 세상은 얼마나 암울할까. 나는 이번 시집에서 '행복과 희망'을 노래했다. 그것을 행복의 미학이라고 해도 좋고 희망의 시학이라고 해도 좋다.

(일상생활 속의 행복한 풍경)

나는 화가 중에 밀레의 서정적인 그림을 좋아한다. 농부를 향한 따뜻한 시선을 소박하고 단순한 화풍에 담아낸 그의 그림을 좋아한다. 어린 시절 시골 이발관에 걸려 있던 〈만종〉이나 〈이삭 줍는 사람들〉은 내 고향 배들평야 사람들 같아서 정다운 느낌이 들었다. 어렵고 가난한 삶에서도 감사의 마음을 잊지 않고 경건하게 살아가는 사람들을 그린 〈만종〉이나 〈이삭을 줍는 사람들〉은 지금도 내 마음에 위안과 평안을 준다. 나는 이번 시집에 밀레의 그림처럼 평화롭고 따뜻한 풍경을 그린 시들을 담았다. 소소하지만 소중한 일상과 자연 속의 평화롭고 행복한 풍경, 그리고 천진무구한 동심과 정겨운 고향의 풍경들을 따뜻한 시선으로 그린 시들을 담았다.

빨래를 거둬들이며
여자는 먼 들길을 바라본다

삽을 어깨에 메고
남편이 돌아온다
풀꽃을 따며 놀던 아이가 돌아온다
소를 앞세우듯
기인 그림자를 앞세우고

들에서 집까지
저녁놀이 아름다운 길을 놓아준다

여자는 처마에 불을 켠다
제집인 양
저녁별이 모여든다
풀벌레들이 모여든다

밥솥에서 밥물이 조용히 끓고
토닥토닥 도마질하듯
풀벌레들이 울기 시작한다

「저녁 풍경」 전문

밥솥에서 밥물이 끓고 반찬을 만드는 도마질을 하듯 풀벌레가 우는 저녁은 내가 꿈꾸는 세계다. 고요한 안식과 평화와 깃들어 있고 가족들이 돌아와 밥상에 둘러앉은 행복한 풍경은 내가 소망하는 세상이다. 제1부에서는 저녁 풍경처럼 소소한 일상에서 포착한 행복한 정경들을 그린 시들을 실었다.

제2부에서는 내가 만난 사람들의 일상 속의 행복한 풍경들을 그린 시들을 실었다. 생선장수, 사과장수, 벼 베는 사람, 공터를 일구어 꽃밭을 만드는 사람, 쑥 캐는 사람, 청춘극장의 노인 등 자신의 삶에 감사하면서 살아가는 평범한 사람들의 삶을 소박하고 단순하게 그린 시들을 실었다.

(모성으로 충만한 자연의 세계)

제3부에 실린 시들은 산책을 하거나 시골길을 걸으면서 만난 자연을 예찬한 시들이다. 언제나 자연은 나에게 시의 영감을 준다. 그리고 자연의 포근한 모성은 언제나 안식과 평온을 준다. 자연은 내 마음의 본향인 셈이다.

> 산책길에 산수유꽃 피었다
> 산수유꽃이 늘어나면서
> 못 보던 사람들도 늘어났다
> 중풍으로 쓰러진 노인이 보행기를 끌고
> 아기처럼 새로 걸음을 배우고
> 동네 미장원에서 벚꽃처럼 뽀글뽀글 파마를 한
> 여자도 개를 데리고 산책을 나왔다
> 못 보던 새들도 늘어났다
> 아이들 딱지 같은 딱새도

오목오목 콩주머니 같은 오목눈이새도
산수유꽃 같은 부리로 연신 지절댄다
산수유꽃만 한 벌들도 붕붕붕 늘어났다
산수유꽃이 피면서 산수유꽃만큼
봄 식구들이 늘어났다
그래서일까
강아지를 낳은 어미개처럼
산수유나무에는 젖꼭지가 많다
늘어난 식구들을 모두 먹일 만큼

「산수유꽃」 전문

길을 걸으면서 마주친 자연은 이 시 「산수유꽃」처럼 항상 모성으로 충만하다는 것을 새삼 깨달았다. 제3부에서는 어머니 분첩처럼 날아다니는 배추흰나비, 어느 집 정원수로 입양해 가는 단풍나무, 자꾸만 눈길이 가는 쪼그만 풀꽃 등 자연의 모성과 아름다움을 예찬하는 시를 실었다.

(천진한 동심과 고향의 정겨운 풍경)

성경에서는 "어린이들 같아야 천국에 갈 수 있다"라고 했다. 맹자는 "대인은 아이의 마음을 잃지 않는 사람이다"라고 했다. 모두 동심의 순수함을 강조한 말들이다. 훌륭한 시인들은 동심을 오래 간직한 시인들이다. 윤동주와 박목월과 백석이 그러하다. "여든 살 먹은 노인이 세 살 먹은 아기에게 배울 게 있다"라는 속담이 있다.

아이들의 말과 행동을 보면서 깜짝 놀랄 때가 있다. 때 묻지 않은 순수한 동심의 혜안에 미처 깨닫지 못한 것을 알게 되는 때가 있다.

아이가 식탁 곁에
빈 의자를 갖다 놓는다
왜 그러냐고 묻자
누구라도 배고프면
와서 앉아
밥 먹고 가라고 그런단다

아하! 그러고 보니
세상에는
누군가 갖다 놓은
빈 의자가 많구나

나무 곁에는
푸른 그늘로 엮은
빈 의자

난로 곁에는
따뜻한 불빛으로 만든
빈 의자

그래야지
나도 내 마음 곁에
빈 의자 갖다 놓아야지

누구라도 외로우면
앉았다 가라고

「빈 의자」 전문

배고픈 사람이 먹고 가라고 빈 의자를 갖다 놓는 동심은 우리를 감동시킨다. 흙 묻은 당근이 진짜 당근이라는 아이의 말 (「흙 묻은 당근」) 또한 그러하다. 이런 동심은 워즈워드의 "어린이는 어른의 아버지"라는 말이나 "모든 어린이는 예술가이다."라는 피카소의 말을 떠올리게 한다. 제4부에서는 이런 동심이 담긴 시들을 실었다.

나이가 들면서 더욱 그리워지는 것은 고향이다. 고향의 배들평야와 고향 사람들에 대한 그리움이다. 제5부에서는 고향의 시편들을 모았다.

붉게 타오르는 황토흙 먹고
푸르게 자라던 청보리밭.
해토머리에 무너지고 갈라진 흙벽에
아버지는 황토흙 새로 바르고
나는 겨울 동안 갈라지고 튼 얼음 박인 손에
황토흙을 연고처럼 발랐다.
돼지우리를 뛰쳐나온 어미돼지는
황토흙 후벼 파서 먹고
황토빛 새끼돼지를 낳았다.
황토흙 물어다가
까치들은 새끼 까치를 기를

까치집을 지었다.
아이들은 흙강아지가 되어
해종일 황토흙에 뒹굴었다.
빨아도 지워지지 않던 황토흙물.
손에 흙 안 묻히면
손이 썩는 법이라던 아버지의
황토흙 같은 말씀.
황토흙을 소똥처럼 주무르며
봄이면
내 고향 사람들은 감자를 심었다.

「내 고향 황토흙」 전문

내 고향은 유난히 황토흙이 많았다. 붉게 타오르는 황토흙을 먹고 청보리들이 푸르게 자라고 감자와 고구마가 튼실하게 자랐다. 아이들도 흙물에 젖어 해종일 황토흙 위를 뒹굴었다. 제5부에서는 그런 황토흙 냄새가 나는 고향의 시편들을 모아 실었다.

세상은 갈수록 거칠고 험하게 변하고 있다. 사람들은 힘들고 지친 표정을 짓고 있다. 이들에게 행복과 희망을 안겨주고 싶은 것이 나의 소망이다. 시를 통해 세상의 아름다움을 전하고 사람들에 살아가는 힘과 위로를 주는 것이 내 소박한 바람이다. 그런 소망으로 소소한 일상에서 포착한 행복의 풍경들을 시에 담았다. '시를 통해 행복과 희망을 주는 일', 그것이 시인으로서 내가 할 일이라고 생각한다. 거칠고 험한 세상에 행복한 다리가 되어주고 싶은 나의 꿈을 담아 시집을 펴낸다.

험한 세상 다리가 되어

펴낸날 2023년 6월 12일

지은이 이준관
펴낸이 주계수 | **편집책임** 이슬기 | **꾸민이** 김태안

펴낸곳 밥북 | **출판등록** 제 2014-000085 호
주소 서울시 마포구 양화로7길 47 상훈빌딩 2층
전화 02-6925-0370 | **팩스** 02-6925-0380
홈페이지 www.bobbook.co.kr | **이메일** bobbook@hanmail.net

ISBN 979-11-5858-939-4 (03810)